ÉPÎTRE

AU

JOCKEY DE FRÉRON.

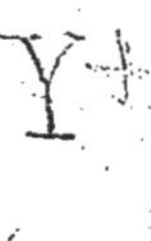

ÉPÎTRE

AU

JOCKEY DE FRÉRON,

SUIVIE D'UN

CONSEIL A MA TANTE.

Un sot savant est sot plus qu'un sot ignorant.

Molière, *Femmes Savantes.*

A PARIS,

CHEZ CAPELLE, LIBRAIRE-COMMISSIONNAIRE

RUE J.-J. ROUSSEAU.

AN XII. — MDCCCIV.

ÉPÎTRE

AU

JOCKEY DE FRÉRON.

Qu'un mortel vertueux, ami de sa patrie,
Détestant les horreurs dont il la vit flétrie,
Proscrive sans pitié ces tigres inhumains,
Qui nous asservissaient sous leurs sanglantes mains,
Applaudisse au héros dont le puissant génie
A rétabli chez nous la paix et l'harmonie,
J'applaudis, à mon tour, ce mortel vertueux.
Mais lorsque je te vois, reptile tortueux,
Pour flatter bassement les maîtres de la terre,
Salir par ton venin la cendre de Voltaire,
L'accuser des malheurs qui fondirent sur nous,
Je ne puis plus alors maîtriser mon courroux,
Et l'indignation fait taire la clémence.

Que par tes jugemens, où brille la démence,
De son trône tragique il soit précipité, (1)
On n'en est pas surpris, encor moins irrité :

L'intérêt, qui toujours fut ton premier mobile,
Sur le choix des moyens te rend peu difficile ;
Personne ne l'ignore, et l'on sait bien partout
Combien tu fais payer ta plume et ton bon goût.
Mais ce qui nous révolte, et ce dont on s'indigne,
C'est cet acharnement et cette audace insigne
Que tu mets à flétrir cet auteur immortel.
Ecoute, et réponds-moi sans injure et sans fiel. (2)

   Je maudis de bon cœur ces tems de barbarie
Où des hommes de sang, dévastant la patrie,
Voulaient, en aggravant chaque jour tous nos maux,
Ne faire des Français qu'un peuple de bourreaux ;
Où ce peuple, égaré par ces infames guides,
Echangeait ses plaisirs pour des jeux homicides ;
Où la religion, l'honneur et les vertus
Aux pieds du crime altier languissaient abattus ;
Où le monde en délire, et la France éplorée
Par ses propres enfans se voyait déchirée ;
Où tout ce qui fut grand, sublime et généreux
Voyait combler ses maux par un trépas affreux.

   Mais de ces longs forfaits Voltaire est-il coupable ? (3)
L'avancer en est un dont toi seul es capable.

   Quiconque a lu Voltaire, et l'a bien médité,
Connaît l'ami de l'homme et de l'humanité ;
L'ennemi des abus, des coutumes bizarres,
Des pouvoirs monstrueux, des préjugés barbares ;
Le joyeux correcteur des fripons et des sots ;
Le contraste immortel des perfides cagots ;

L'admirateur zélé de l'homme charitable ;
De mille infortunés le soutien respectable, (4)
Le tourment et l'effroi des puissans scélérats,
Des imposteurs titrés, et surtout des ingrats.
· Tel était ce grand homme. En vain la calomnie
Chercherait à flétrir sa gloire et son génie ;
Jamais de ses serpens les sifflemens affreux
N'étoufferont la voix de tant de malheureux
Chargés de ses bienfaits. J'en appelle à toi-même,
A toi dont je connais bien à fond le systême ;
Réponds d'après ton cœur : quel bras ou quelle main
Voltaire a-t-il armé d'un poignard assassin ?
A-t-il dit à quelqu'un, en se moquant des Prêtres, (5)
De renoncer au Dieu qu'adoraient ses ancêtres ?
L'as-tu vu conseiller en ses écrits divers,
Pour changer un état, de troubler l'univers,
De porter la terreur et la mort dans nos ames,
D'égorger des enfans, de massacrer des femmes,
D'aller, au nom d'un Dieu de clémence et de paix,
Dans les champs Vendéens commander des forfaits ?
Inspira-t-il jamais ces monstres parricides,
Qu'on a vu de nos jours, lâchement homicides,
Persécuter, proscrire, immoler sans pitié
Des enfans des beaux arts la plus belle moitié ?
Non, non, ces assassins, l'opprobre de la terre,
Et l'effroi des mortels, n'avaient pas lu Voltaire.
Ses sublimes écrits, des préjugés vainqueurs,
N'ont jamais pénétré dans leurs coupables cœurs :

Les chefs astucieux qui réglaient leur délire,
Qui dirigeaient leurs coups savaient à peine lire;
Et si , dans leur projet d'asservir l'univers,
Ils ont sur leurs drapeaux gravé ses plus beaux vers,
C'était pour mieux couvrir leur sombre tyrannie;
Mais leur crime n'est pas celui de son génie.
L'Évangile à la main on peut tout dévaster ; (6)
Il ne faut en ce cas que mal l'interpréter :
C'est en défigurant ses augustes maximes
Qu'on porte les mortels à commettre des crimes.
Que d'exemples affreux n'en avons-nous pas vus !
Mais qui verse un bienfait répond-t-il de l'abus ?
Si par humanité je répands la lumière;
Si , pour rappeler l'homme à sa gloire première,
Je lui découvre un point qui pourrait l'abuser,
Du mal qu'il fait ensuite on viendra m'accuser !
On dira que par moi les mortels , moins ineptes,
N'ont commis de forfaits qu'en suivant mes préceptes!
Un tel raisonnement est d'un vil imposteur :
Celui qui veut le bien , du mal n'est pas l'auteur;
Et je vais sans effort établir l'axiome.
  Si le Dieu des chrétiens , si le Sauveur de l'homme,
Dont la morale auguste , et les dogmes sacrés,
Par toi-même aujourd'hui sont chéris , révérés,
Et remis en vigueur dans l'empire où nous sommes;
Si , dis-je, ce Sauveur , ce bienfaiteur des hommes,
Était nommé l'auteur des forfaits inouis
Que partout , en son nom , des prêtres ont commis ,

Que dirais-tu toi-même, et pourrais-tu le croire?
Ne t'armerais-tu pas pour défendre sa gloire,
Pour imposer silence à tant d'impiété ?
D'un si lâche attentat justement révolté,
Tu lancerais bientôt la foudre et l'anathême
Sur le coupable auteur de ce hardi blasphême :
Tu lui dirais alors : « Perfide anti-chrétien,
« Tu prêtes des forfaits à l'auteur de tout bien,
« A celui qui toujours, dans sa carrière auguste,
« T'a dit, pour être heureux, d'être bon, d'être juste,
« De ne ravir le bien, ni le repos d'autrui,
« De l'aimer dans tous tems, de lui servir d'appui,
« D'adoucir ses chagrins, d'alléger ses misères,
« De former ton bonheur de celui de tes frères,
« De révérer les mœurs, de te soumettre aux lois,
« De chérir ton pays, de défendre ses droits,
« Et de ne pas souffrir que jamais l'imposture
« Ecartât de ton cœur l'auteur de la nature,
« Le père des humains, l'être consolateur,
« De l'univers entier l'incréé créateur.
« Cesse de l'outrager par tes accens sinistres :
« Le bien est de lui seul ; le mal de ses ministres :
« Son culte est à la fois aussi pur qu'immortel ;
« Et si des scélérats ont souillé son autel,
« C'est sur eux que tu dois lancer ton anathême.
« Révère donc l'auteur de ce divin systême,
« Et songe bien surtout qu'il te faut respecter
« Ceux qui mettent leur gloire à le faire adopter ;

« Ces ministres de paix , ces pasteurs vénérables,
« De la religion apôtres véritables,
« Qui n'ont point oublié que leur saint fondateur,
« Modeste , égal de l'homme , et son législateur,
« Son unique soutien , tant qu'il resta sur terre;
« Que ce Sauveur , né pauvre , et mort dans la misère,
« Voulait que , pour monter à son autel sacré,
« L'humilité du cœur fût le premier degré. » (7)
En t'exprimant ainsi , ta rapide éloquence
Réduirait aisément le perfide au silence.
Hé bien ! sans recourir à la comparaison,
Guidé par la justice , armé par la raison
Qui s'élève et qui tonne en faveur de Voltaire,
Ne pourrais-je à mon tour te forcer à te taire ?
Soutenu , je le sais , par de savans grimauds (8)
Qui l'accusent aussi d'avoir causé nos maux,
Par d'honnêtes chrétiens qu'un zèle pur enflamme,
Qui s'en vont déchirant , le tout par bonté d'ame,
Tout ce qui ne voit pas et n'entend pas comme eux,
Tu pourrais m'opposer un écueil dangereux.
Mais moi qui suis chrétien sans fiel , sans amertume,
Moi , dont la vérité guida toujours la plume,
Qui ne redoute rien de ces fiers écrivains,
Experts dans le grand art de tromper les humains,
Pour les combattre tous je descends dans l'arêne.
C'est attirer sur moi tout le poids de leur haine,
Je le sais ; mais qu'importe : il est tems de briser
Leur joug avilissant , il est tems d'écraser

Ces vils caméléons, ces flatteurs sans génie,
Esclaves du pouvoir et de la tyrannie,
Qui, d'un gouvernement juste et consolateur,
De l'état dévasté sage restaurateur,
Voudraient faire un pouvoir saintement despotique.
Ils est tems d'éclairer leur sourde politique,
De signaler partout ces hardis charlatans,
De nos divisions perfides artisans,
De les marquer au front d'une immortelle empreinte,
De leur dire hardiment, sans détour, ni sans crainte :
   « Vous tous qui maudissez la révolution,
 « Qui ne parlez que moeurs et que religion,
 « Qui, feignant de gémir sur les maux de vos frères,
 « Ne vous faites qu'un jeu d'aggraver leurs misères,
 « Malheureux sans pudeur, sans pitié, sans vertus,
 « Qui n'avez d'autre Dieu que l'aveugle Plutus,
 « Croyez-vous m'abuser par vos saintes maximes ?
 « Tantôt approbateurs ou censeurs de leurs crimes,
 « Des coupables humains vous suivez tous les goûts ;
 « Le parti le plus fort vous voit à ses genoux :
 « Selon les tems, les lieux vous changez de matière :
 « Tel chante Jésus-Christ, qui chantait Robespierre. » (9)
   Mais ne retraçons pas aux yeux de l'univers
Les scandaleux écarts de vos esprits pervers :
Par ces hideux tableaux l'ame est trop oppressée.
Assassins des talens, bourreaux de la pensée,
Jaloux et furieux de les voir triompher,
Vous n'embrassez les arts que pour les étouffer.

C'est en vain qu'un auteur, guidé par le génie,
En parcourant des arts la carrière infinie,
S'élance, et veut atteindre à l'immortalité;
Au milieu de sa course il se voit arrêté.
Fait-il un bon ouvrage, aussitôt vingt critiques,
De la docte ignorance élèves frénétiques,
Se jettent sans pitié sur sa prose et ses vers.
Les détours captieux, les sophismes divers,
Ne sont point épargnés: ils disent que l'ouvrage,
Qui du public en corps a reçu le suffrage,
N'est point ce qu'on appelle un poëme excellent;
Que son auteur n'a pas le germe du talent;
Qu'il a bien, si l'on veut, quelque éclair de science,
Mais qu'il est sans méthode et sans expérience,
Sans principes, sans goût, sans génie.... en un mot,
Qu'il est un ignorant, et le public un sot.
  En fait-il un plus faible, oh! c'est bien pis encore!
Des grimauds acharnés la horde le dévore,
Lui ravit sans pitié le fruit de ses travaux,
Et s'engraisse à ses yeux, en vendant ses défauts. (10)
  Et toi, chef orgueilleux de ce troupeau perfide,
Pernicieux flambeau qu'il a pris pour son guide,
Crois-tu m'en imposer par tes doctes arrêts?
Tu n'es pas dangereux lorsqu'on te voit de près:
En lisant chaque jour ton Feuilleton sublime,
Image du serpent qui veut ronger la lime,
Sans peine on reconnaît le Jockey de Fréron. (11)
Paré de l'oripeau de cet aliboron,

Sur les premiers talens dont la France s'honore,
Tu répands à longs flots le fiel qui te dévore;
Et tel qu'un charlatan monté sur ses trétaux,
Tu vends ton bel esprit pour du baume aux badauds.

Des sots et des méchans la peuplade infinie,
Prosternée à tes pieds, te prend pour un génie;
Et te voyant écrire, et t'exercer, surtout,
Te proclame et te croit l'oracle du bon goût.

Mais l'homme scrutateur des secrets de ton ame,
Le mortel que la gloire et que l'honneur enflamme,
L'écrivain courageux qui, par la vérité,
Brûle de parvenir à la postérité,
Bien loin de se soumettre à ton fier despotisme,
Se rit publiquement de ton charlatanisme;
Et, sans rien redouter de son dard empesté,
Ecrase le reptile avec sécurité.

Eh! que craindre, en effet? Tu n'as d'autre mérite
Que d'avoir platement travesti Théocrite:
Tu n'as rien fait, enfin, digne d'être cité.
Dans ton Feuilleton même, aujourd'hui si vanté,
Je cherche vainement les traces d'un ouvrage;
Je n'y vois éclater que ta haine et ta rage
Contre tous les talens par le tems consacrés:
C'est notamment à ceux des Français admirés
Par l'étranger, chéris, que ta fureur s'adresse.
Ton intérêt, ce dieu qui t'inspire et te presse,
Te commande, il est vrai, de ne rien épargner
Que celui qui te paie, et qui prétend régner

Sur tous ses concurrens. C'est ainsi qu'au théâtre
On t'a vu tour à tour, doublement idolâtre,
Déchirer et flatter, selon tes intérêts,
Là *laideur* qui séduit, la *beauté* sans apprêts ;
Des acteurs renommés outrager les images,
Au talent médiocre adresser des hommages,
Et prouver par ces traits, dignes de tes vertus,
Que chez toi les beaux arts sont soumis à Plutus. (11)

Mais c'est trop t'écarter du but qui t'intéresse ;
Il faut un champ plus vaste à ta pieuse adresse :
Tout acteur, dès long-tems, est soumis à ta loi,
Et c'est un ennemi bien plus digne de toi,
Dont tu veux, en entier, détruire la puissance ;
C'est ce Voltaire enfin, ce soleil de la France,
Qu'aujourd'hui, sans pitié, tu veux anéantir.
Il osa nous apprendre à penser, à sentir,
A distinguer l'or faux d'avec le véritable :
Donc il est à tes yeux un homme détestable,
Un argus importun, dont l'œil observateur
N'a que trop éclairé ton manège imposteur : (12)
Donc il faut l'écraser, lancer sur lui la foudre.
Ses moindres ossemens seront réduits en poudre,
Et les lambeaux épars de son cadavre infect
De la postérité te vaudront le respect.

Ah ! si tels sont tes vœux, que je plains ton délire !
Tant qu'ils existeront, et tant qu'ils sauront lire,
Voltaire, malgré toi, charmera les mortels ;
Ils s'enorgueilliront d'encenser ses autels ;

Il sera le flambeau dont la vive lumière
Saura les rappeler à leur gloire première,
Et la postérité, consacrant ses succès,
Ignorera toujours si tu vécus jamais.

Reviens donc, malheureux, de ton erreur extrême !
Sois chrétien, j'y consens; mais sois-le sans blasphême :
N'accuse pas des maux que nous avons soufferts
Celui qui gémissait de voir le monde aux fers,
Qui fit tout pour briser l'avilissante chaîne
Dont des tyrans sacrés chargeaient la race humaine :
On peut être honnête homme, et n'être pas dévot.
Si quelqu'un te disait : « A moins que d'être un sot,
« On ne doit point forcer sa raison à se taire,
« Ni la contraindre à croire à tel ou tel mystère.
« N'est-ce pas faire outrage à la divinité
« Que de l'envelopper de tant d'obscurité,
« Quand on la voit partout, quand partout sa puissance
« Atteste à l'univers son éternelle essence ?
« De la religion les principes sacrés,
« Par d'adroits imposteurs long-tems défigurés,
« Repoussent aujourd'hui cet amas de chimères
« Qui pesait lourdement sur l'esprit de nos pères.
« Ces principes, aidés de la saine raison,
« Ont combattu l'erreur, et son mortel poison;
« Leur consolante voix pénètre au cœur de l'homme,
« L'attache à ses devoirs sans le secours de Rome,
« Et, relevant enfin ses esprits abattus,
« Réveille par degrés ses antiques vertus. (13) »

Que pourrais-tu répondre? A ces sages maximes
Qui ne reconnaît pas les principes sublimes
De la religion, de son divin auteur?

   Défais-toi donc enfin de ton masque imposteur.
Sans outrager le Dieu qu'adoraient tes ancêtres,
Sans rien trouver de bon, de meilleur que les prêtres,
A la religion sans prêter des abus,
Tu peux nous ramener au sentier des vertus :
Mais songe qu'aujourd'hui le Français, moins inepte,
N'a besoin que d'exemple, et non pas de précepte :
Son œil a pénétré dans la nuit de l'erreur,
Et qui veut l'abrutir excite son horreur.
La superstition, le hideux fanatisme,
Des différens partis le sanglant despotisme,
Lui sont également odieux aujourd'hui,
Et la vérité seule a droit à son appui.

NOTES.

(1) Si j'avais aussi peu de respect pour Corneille et Racine, que le *Jockey de Fréron* en montre pour Voltaire, je prouverais sans peine, aux admirateurs du Feuilleton, que rien n'est plus facile que de mutiler une tragédie, et d'en transformer les héros en *Mandrins*, en *Cartouches*, ainsi que le fait cet honnête folliculaire.

(2) Exiger cela de l'homme à qui j'écris, c'est demander à un avare son trésor.

(3) Non, quoi qu'en disent les lâches qu'on paie pour le dire, Voltaire avait tellement en horreur l'effusion du sang humain, que cette vertu seule eût suffi pour le faire condamner par ces mêmes brigands révolutionnaires qu'on ose l'accuser d'avoir inspirés.

(4) O vous, familles des Calas, des Sirven! et vous infortunés de tous les rangs, de toutes les classes, que Voltaire a secourus, qu'il a soustraits à l'infortune, et peut-être à la mort! quelle serait votre surprise, ou plutôt votre indignation, si l'on accusait devant vous votre illustre bienfaiteur d'avoir donné l'idée des crimes qui ont souillé la révolution française!

(5) Toutes les guerres de religion qui, depuis quelques siècles, ont ensanglanté l'Europe, tiraient leur source de l'abus que des prêtres ont fait de l'Évangile.

Jésus-Christ n'a pas plus inspiré les horreurs de la Saint-Barthélemy, que Voltaire n'a inspiré les crimes de la révolution.

Le prêtre fanatique qui commande le meurtre au nom du ciel, et le révolutionnaire frénétique qui assassine au nom de la liberté, sont des forfaits de la nature : l'un ne suit pas plus la morale de Jésus-Christ, que l'autre la philosophie de Voltaire, et tous les deux n'ont pour guide et pour maître que l'instinct de la férocité.

Que conclure de tout ceci ? Que l'abus que des hommes perfides ont pu faire de la véritable religion, et de la véritable philosophie, n'a point altéré leur bonté naturelle ; qu'elles sont toutes deux essentielles au bonheur et à la perfection de l'homme, et que celui qui prétend élever l'une sur les débris de l'autre est un scélérat 'il agit pour de l'or, ou un ennemi de l'humanité s'il se conduit d'après son cœur.

(6) Je dois à la vérité de dire que ces deux derniers vers, qui se trouvent ici placés si naturellement, sont d'un littérateur estimable, que la hache révolutionnaire a précipité jeune encore dans la tombe.

(7) Les estimables rédacteurs des différentes feuilles périodiques sont invités à ne pas prendre pour eux les traits suivans ; ils ne sont dirigés que sur deux ou trois de leurs humains et charitables confrères, et sur ces barbouilleurs à tant la phrase, qui alimentent leurs feuilles séraphiques.

Le vœu, manifesté si clairement par ces ardens missionnaires, de nous ramener par degrés à la superstition et à l'abrutissement, sous le prétexte de nous rattacher à la religion et à la morale, m'a déterminé à leur arracher leur masque, et à les montrer dans leur hideuse nudité.

Quelle différence de ces prédicateurs de morale avec ces pasteurs vénérables dont j'ai parlé plus haut ! avec le respectable archevêque de Paris, et ceux de ses confrères qui appuient leurs leçons de leurs exemples ! On se plaît à les voir autant qu'à les entendre : ministres d'un Dieu de clémence et de paix, ils sont humains et tolérans ; et lorsqu'ils rappellent l'homme égaré à ses

devoirs, ils n'ont recours ni à la menace, ni à l'injure, ni à l'outrage. On reconnaît à cette onction noble et pure qui anime leurs
discours, à cette véritable et modeste piété qui règle leurs actions,
les apôtres d'un Dieu juste et miséricordieux. Leur conduite exem-
plaire est la satire vivante de ces charlatans que l'intérêt seul fait
agir et parler.

(8) S'il était possible qu'on pût haïr justement son semblable,
personne ne serait plus propre à inspirer ce sentiment que ces
misérables qui, après avoir outragé Dieu par leurs blasphèmes,
l'offensent aujourd'hui par des hommages dictés par la circons-
tance, et démentis par leur cœur.

(9) Je répète ici que tous les rédacteurs de journaux ne sont
pas aussi intolérans que ceux désignés ci-dessus. Leur critique
peut porter à faux quelquefois; mais elle est accompagnée d'un
ton honnête et décent, qui ne blesse ni l'amour-propre, ni la
considération qu'on doit aux beaux arts : ils ont moins de profit,
il est vrai, que les Zoïles et les Aristarques dont les sarcasmes
et les injures sont payés plus que le mérite réel; mais en revan-
che ils ont plus d'honneur.

(10) Qu'on lise attentivement les feuilles de feu Martin Fréron,
et qu'on examine ensuite le moderne Feuilleton, on en conclura
sans peine que ce dernier n'est que le plat et servile copiste de
son maître, dans tout ce qui concerne les ouvrages de Voltaire; et
qu'à l'égard de ses autres critiques journalières des modernes, il est
aussi loin dans ses dissertations de son modèle, qu'il le surpasse
dans l'art de dire des injures, de mentir effrontément, d'outrager
sans pudeur, de calomnier lâchement tous ceux qui ne viennent
pas humblement baiser l'ergot de ce nouveau monseigneur.

(11) Les injures, les outrages, les dégoûts dont tu abreuves

journellement les artistes les plus justement célèbres du Théâtre Français, ne doivent nullement les affliger ; le public les venge en cassant tous les jours tes perfides arrêts.

(12) Tous les gens instruits te connaissent : aucun d'eux n'ignore que si tu t'acharnes tant sur Voltaire, poëte tragique, c'est par haine pour Voltaire philosophe ; tu ne lui pardonneras jamais d'avoir éclairé son siècle, d'avoir démasqué tous les imposteurs que tu voudrais ressusciter, mais inutilement.

Les pasteurs d'aujourd'hui, instruits par l'exemple, mieux éclairés sur leur propre intérêt, se garderont bien d'imiter leurs prédécesseurs ; c'est en pratiquant les vertus qu'elle enseigne qu'ils feront aimer et respecter la religion, et non en nous fatiguant de préceptes aussi absurdes qu'intolérans.

Voltaire, qui généralement n'aimait pas les prêtres, avait une estime et une vénération particulières pour tous ceux qui étaient humains et tolérans, et dont la piété était sincère ; ils trouvaient chez lui asile et protection.

J'en ai connu, même d'intolérans et de fanatiques, qu'il a secourus, soulagés dans leur infortune : il ne voyait plus en eux le prêtre imposteur ; mais l'homme souffrant, et ce spectacle le désarmait toujours.

Les détracteurs de ce grand homme n'en agiraient pas de même avec ceux qui ne partagent pas leurs opinions ; et s'ils feignaient de tendre une main secourable à leurs adversaires malheureux, ce serait pour les frapper plus sûrement au cœur.

Il entre tant de fiel dans l'ame des dévots !

(13) « O l'impie ! vont s'écrier, *in petto*, les humains mis-
« sionnaires, catholiques du tems : pourquoi le gouvernement,
« qui réédifie chaque jour, n'établit-il pas aussi une bonne et
« sainte inquisition ? Quel plaisir délicieux nous éprouverions à

« faire figurer cet infame auteur dans le premier au-to-dafé ! Ce
« spectacle serait bien plus nécessaire aux Français que ces théâtres,
« ces bals, ces fêtes, ces concerts dont ils sont idolâtres. »

J'en suis fâché pour vous, bonnes gens, mais vos vœux ne seront pas remplis :

> Aujourd'hui la raison, la sage tolérance
> Sont les divinités qui gouvernent la France ;
> Et quand il suit les lois, qu'il révère les mœurs,
> L'honnête homme s'endort au bruit de vos clameurs.

UN MOT DE CONSOLATION A PLUSIEURS.

Geoffroi lance sur vous ses traits :
Ils sont acérés, je l'avoue ;
Mais on revient de ses arrêts.
Si quelque jour Geoffroi vous loue,
Vous êtes perdus pour jamais.

LES DEUX JEANS.

Jean Fréron dans son tems, Jean Geoffroi dans le nôtre,
Se sont contre Voltaire escrimés en commun.
On sait comme il étrilla l'un :
Ah ! comme il aurait bâté l'autre !

MADRIGAL.

« Oui, dit le feuilliste Geoffroi,
« Je le jure à toute la terre,
« Des rimeurs je serai l'effroi ;
« J'étoufferai jusqu'à Voltaire. »
Du pauvre Voltaire, aujourd'hui,
Messieurs, la sentence est écrite :
Maître Geoffroi fera de lui
Ce qu'il a fait de Théocrite.

CONSEIL

A MA TANTE

Ah ! le joli sermon ! ah ! la belle morale !
Ma Tante, en vérité, vous n'avez point d'égale :
Massillon, Bourdaloue, et tant d'autres docteurs,
Connus dans l'univers pour grands prédicateurs,
N'auraient par mieux parlé. Votre sainte éloquence
Obtiendrait sur mon ame une entière puissance,
Si j'avais aujourd'hui cinquante ou soixante ans :
Mais comment exiger qu'à peine en mon printems
Je me targue partout d'une austère sagesse ?
Voudriez-vous me voir immoler ma jeunesse
Aux préjugés cruels d'un vieillard décrépit
Qui, par malheur pour moi, gouverne votre esprit,
Et qui, las de séduire et de tromper les femmes,
Veut en jouir encor en tourmentant leurs ames ?
Non, désabusez-vous : dans l'âge des desirs,
Où l'ame, à chaque instant, rencontre des plaisirs,
Où le cœur, entraîné par un charme invincible,
Des aimables erreurs suit la route invisible,
La morale, ma Tante, est un triste ragoût.
Chaque âge a son penchant, ses caprices, son goût :

A vingt ans tout est beau ; la campagne et la ville
Du plaisir renaissant sont sans cesse l'asile ;
On le trouve partout. Mais quand le froid des ans
Nous a précipités vers nos derniers instans,
Tout change alors pour nous : vainement la nature
Etale à nos regards sa brillante parure ;
Nous n'apercevons plus ses attraits enchanteurs ;
L'âge a glacé chez nous ces sentimens moteurs
Emanés d'un rayon de la divine flamme,
Ces sentimens si doux, sûrs gardiens de notre ame,
Qui nous avertissaient d'un triomphe flatteur,
Et qui, jadis, étaient le signal du bonheur.

Ah ! qu'aisément alors on prêche l'abstinence !
Mais je hais la vertu qui naît de l'impuissance.
Tous ces maigres docteurs, blasés par les plaisirs,
Qui voudraient de notre ame étouffer les désirs,
Loin d'éteindre le feu dont l'ardeur nous dévore,
Par leurs tristes sermons ils l'accroissent encore ;
Leur vertu n'est qu'un masque, et leur morgue est l'effort
Que fait un malheureux luttant contre la mort.

Mais vous-même, autrefois, vous, ma très-chère Tante,
Qu'on trouvait en tous lieux agréable et charmante,
Lorsque l'essaim nombreux de vos adorateurs
Venait vous débiter mille propos flatteurs,
Ecoutiez-vous alors d'ennuyeuses sornettes ?
Si quelque usé bigot, quelque vieille en cornette
Vous eût dit dans ce tems : « Ma fille, il faut dompter
« Le démon de la chair, et ne pas écouter

« Tous les discours trompeurs des galans de la ville;
« Chassez-moi loin de vous leur escorte futile.
« Voulez-vous que chacun ait pour vous des égards?
« Dérobez vos attraits à leurs perçans regards;
« Couvrez soigneusement cette gorge naissante :
« La nature sans voile est toujours repoussante.
« Une fille à votre âge est un oiseau léger
« Que son duvet naissant excite à voltiger :
« Il faut avec grand soin ménager sa jeunesse ;
« Car, pour cueillir encor des fleurs dans sa vieillesse,
« On ne doit pas souffrir de brèche à sa vertu. »
Qu'auriez-vous fait alors ? Votre cœur combattu
Aurait-il écouté la raison sans murmure ?
Auriez-vous abjuré la mode et la parure?
Auriez-vous dérobé vos charmes au grand jour ?
Ces globes arrondis par les mains de l'Amour
Auraient-ils, tristement pressés sous la dentelle,
Souffert qu'on enfermât leur beauté naturelle ?
Non, ma très-chère Tante, et leurs prompts battemens
Auraient fait naître en vous de plus doux sentimens.
    Et cet heureux Damon, dont, grâce à votre flamme,
Vous avez, quarante ans, été la chaste femme,
Et dont votre mémoire a conservé les traits,
Lorsque, brûlant d'amour pour vos piquans attraits,
Il venait à vos pieds vous peindre sa tendresse,
Ses transports, ses tourmens et sa brûlante ivresse,
Vous dire avec chaleur : « O toi dont la beauté,
« L'esprit et les talens, les grâces, la gaîté,

« Sur tous mes sens surpris ont acquis tant d'empire;
« O toi que j'idolâtre, et pour qui je respire,
« Daigne sur ton amant arrêter tes beaux yeux :
« Songe, belle Aglaé, qu'il expire en ces lieux,
« Si tu ne prends pitié des tourmens qu'il endure.
« Laisse parler ton cœur : instruit par la nature,
« Il ne peut t'abuser; sans art et sans détour,
« Il est fait pour sentir un véritable amour.
« Trompons de nos Argus la garde dangereuse,
« Et, me rendant heureux, viens toi-même être heureuse. »
    Lorsque, dis-je, à ces mots, à ses roulemens d'yeux
Il avait joint encore un geste audacieux,
Si quelque sermonneur à face de carême
Eût lancé contre vous la foudre et l'anathême,
Auriez-vous, saintement docile à son sermon,
Préféré sa morale à l'amour de Damon ?
Tous les froids argumens de sa philosophie,
Et les détours obscurs de la théologie
Auraient-ils dans votre ame étouffé ce desir
Qui vous portait alors à chercher le plaisir ?
Non, ma Tante : un amant plein d'ardeur et de flamme,
Qui sait bien exprimer les transports de son ame,
Qui sait à ce qu'il dit joindre un geste éloquent,
De tous les sermonneurs est le plus séduisant.
    Votre mentor lui-même, aujourd'hui si passible,
Aux attraits de l'amour n'était pas insensible;
Il lui sacrifiait le soir et le matin :
Quand la jeune Marton, soubrette à l'œil mutin,

A la démarche aisée, à la taille bien prise,
Mettait, par un regard, sa raison dans la crise,
Il ne défendait pas de prendre du plaisir.
Je crois le voir encor, l'œil brûlant de desir,
Et l'affreuse luxure alimentant son ame,
Presser ce jeune enfant de couronner sa flamme,
Lui proposer de l'or pour céder sa vertu,
Et verser par degrés dans son cœur combattu
Le goût des faux plaisirs que procure le vice.
Son ame, en ces instans, nue et sans artifice,
Se montrait toute entière : il n'avait point alors
De son corps épuisé détendu les ressorts ;
Cherchant à contenter sa passion brutale,
Il ne lui prêchait pas sa dévote morale.
Qu'il était loin, ma Tante, en ces jours odieux,
D'adorer la vertu qu'il étale à vos yeux !
Je sais qu'à ce portrait, tracé d'après nature,
Vous allez me traiter d'enfant de l'imposture :
Séduite par son air hypocrite et cagot,
Vous direz : « C'est un saint, et vous n'êtes qu'un sot,
« Qui, sans aucun respect pour les œuvres mystiques,
« Regardez les chrétiens comme des hérétiques.
« Oui, tu n'es qu'un athée, un Luther, un Calvin,
« Qui n'as peur ni de Dieu, ni de l'Esprit malin ;
« Qui, sans religion, sans mœurs et sans principe,
« De l'immoralité s'est fait le prototype ;
« Et qui, mettant enfin le comble à la noirceur,
« Foule aux pieds la vertu de mon cher confesseur. »

De ces titres divers, ma respectable Tante,
Je vais biffer ainsi la légende insultante.
Pour l'Être souverain qui m'a donné le jour
J'ai brûlé, dans tout tems, du plus ardent amour.
Si j'ai frondé souvent quelques œuvres mystiques,
Je n'ai jamais traité les chrétiens d'hérétiques ;
J'ai toujours respecté les ministres des cieux :
Quand ils ont des vertus, ce sont pour moi des dieux.
Mais lorsqu'ils ont trahi leur sacré caractère,
Qu'ils ont pu propager l'inceste ou l'adultère,
Ils sont moins à mes yeux que les plus vils mortels.
Destinés à servir à l'ombre des autels,
Ils ne doivent jamais, enivrés d'un faux zèle,
Des habitans du monde embrasser la querelle :
S'ils ont reçu du ciel le droit de pardonner,
A nous rendre meilleurs ils doivent se borner,
Et non pas sans pudeur abandonner leur temple
Pour combattre le vice en en donnant l'exemple.
   J'ai dans tous les états respecté les vertus ;
Et si j'ai quelquefois tonné sur les abus,
C'était pour corriger les humains de leurs vices:
De les voir vertueux je faisais mes délices.
Mes discours, mes écrits, ma noble fermeté,
Qu'un ramas d'ignorans traite d'impiété,
N'on' jamais eu pour but que de servir les hommes.
Mais dans ce siècle, hélas! dans le siècle où nous sommes,
Qui pourra parvenir à nous rendre meilleurs ?
Qui pourra corriger nos vices et nos mœurs ?

Qui pourra faire entendre à ce grand plein d'audace
Qu'il a de ses aïeux déshonoré la race?
A ce lourd financier, que ses nombreux trésors,
Que le peuple hébété convoite avec transport,
Sont les fruits corrupteurs de sa lâche industrie,
Qu'il boit sans frissonner les pleurs de la patrie?
Quel sera l'écrivain assez ferme, assez grand
Pour dire à ce Midas, orgueilleux de son rang;
Qu'à tous ses jugemens l'ignorance préside.
Qu'immolant sans raison l'innocence timide,
A ses concitoyens il prouve évidemment
Qu'on outrage Thémis au sein du parlement?
Où rencontrer quelqu'un dont le mâle courage
Ira dire à Cléon que son leste équipage,
Ses chevaux, ses laquais, même ses parchemins,
N'ont pu sans un forfait parvenir dans ses mains;
Que plutôt d'afficher l'orgueil de la richesse,
Il devrait tout remettre au pauvre qui le presse?
Mais dans ce joli siècle, aujourd'hui si vanté,
Qu'on est bien loin d'oser dire la vérité!
On ne trouve partout que des flatteurs à gages;
Des ignorans titrés on brigue les suffrages;
On donne des vertus à qui n'en connaît pas;
Pour un écu, souvent, ou pour un bon repas,
Un ladre adulateur, boursoufflé d'impudence,
Appelle un sot Plutus un trésor de science.
De tant d'êtres, pareils à ces originaux,
Ma Tante, croyez-vous corriger les défauts

Avec un plat sermon, dont les phrases usées
Ne servent d'aliment qu'aux dévotes blasées?
Est-ce par des discours, pillés dans mille auteurs,
Que d'ignorans frocards, de sots prédicateurs,
Prétendent réformer la coutume et la mode?
Damis, qui d'Harpagon professe la méthode,
Ira-t-il promptement, au sortir du sermon,
Prodiguer ses secours à son voisin Damon?
Non: son ame, toujours crasseuse, impitoyable,
Enverrait le sermon et le prêcheur au diable,
Plutôt que d'écorner tant soit peu son trésor.
Un sermon guérit-il du vil amour de l'or?
Non. Jamais vos discours, fiers oracles de Rome,
Ne feront d'un coquin un parfait honnête homme.
Et que m'importe à moi vos discours rebattus !
Ai-je besoin de vous pour avoir des vertus ?
Ne sais-je pas que Dieu, qui m'a jeté sur terre,
N'exige pas de moi d'hommage involontaire ;
Qu'il a mis dans mon cœur ce germe de l'amour
Que tout mortel lui doit en recevant le jour ?
Tout dans cet univers, ces orbes, ces planètes,
Ne prouvent-ils pas, mieux que toutes vos sornettes,
Que je dois l'adorer; que je dois, en tout tems,
Admirer sa grandeur jusque dans mes tourmens ?
Mon devoir n'est-il pas tracé par sa puissance ?
Vous donc qui, sans connaître un point de son essence,
Me tracez le portrait du monarque des cieux,
Croyez que dans mon cœur il est peint beaucoup mieux

Que dans ces grands tableaux qu'au docile vulgaire
Vous faites admirer quand vous montez en chaire.
Je suis loin, cependant, de vouloir contester
Le privilège heureux de prêcher, de conter:
Le tems n'est pas venu ; mais il viendra peut-être
Ce tems où l'on saura tout ce que vaut un prêtre ;
Où l'homme, reprenant toute sa dignité,
S'approchera sans vous de la divinité.
Jusque-là préchez bien, usez de ce partage.
Pour moi, qui de sermons ne veux plus davantage,
Je vous souhaite à tous un petit coin du ciel
Où vous puissiez jouir d'un repos éternel.